Noch ein Gedicht

Philipp Fröhlich

Noch ein Gedicht

Die Welt in Reimen

© 2016 **Philipp Fröhlich**
Illustrationen: **Lea Schulz**

Herstellung und Verlag: BoD – Books on Demand,
Norderstedt
ISBN 978-3-7412-4977-8

Inhaltsverzeichnis

Vorwort 1

Tanzen 2

Karneval 3

Gold 3

Geschwindigkeit 4

Nachtschicht 4

Kannibalen 5

Interpretation 5

Stromerzeugung 6

Orgien 6

Beine 7

Fotografie 8

Neue Kleidung 8

Schlaf 9

Eisenhower 9

Jagd 10

Grammatik 10

Chemie 11

Blumen 12

Umfrage 13

Bohnen 14

Vaterfreunden 14

Wetterfühlig 14

Deutscher Urlaub.. 15

Das schwächste Glied 15

Piraten 16

Das Spermium.. 17

Kinder... 18

Dating... 18

Problemlösungen.. 19

Namensgebung... 19

Wie Rücksichtsvoll 20

Witze 20

Instinkt 21

Eifersucht.. 21

Nachwuchs.. 22

Weihnachten 23

Erleichterung 24

Geister 24

Die Wirtschaftsweisen 25

Versprechen.. 25

Milkaner Schlaf 26

Trainingsfleiß 27

Neue Studien 27

Bestrafung 28

Emanzipation 28

Kindererziehung 29

Würmer 29

Plakatwerbung.. 30

Mit Nichten 30

Pokern.. 31

Teufel... 32

Finger 32

Mama... 33

Kuba 33

Einsen und Nullen...................................... 34

Konstruktionen 34

Zum Geburtstag... 35

Im Keller... 36

Urlaub 36

Wenn 37

Ohne, für und mit 37

Erklärungsversuch 38

Zur Genesung.. 38

Bildhauer 38

Verkehr 39

Konzerte 39

Wege der Liebe 40

Komplimente 41

Veganer 41

Fitness 42

Gipfelstürmer 42

Läufertypen 43

Das passt 43

Eindrücke 44

Diät 45

[perdu] [perdy] 45

Zum Muttertag 46

Wohltätigkeit 46

Orientierung 47

Braun 47

Herausforderungen 48

Die Waffen der Frauen 48

Fasten brechen 49

Aufgabenübertragung 49

Köche und Brei 50

Nachrichten 51

Streichelzoo 51

Schichtdienst 52

Pläne 52

Ärzte 53

Segnen 53

Ode an die Zeit 54

Kleiner Countdown 54

Sonnenfinsternis 55

Zeichen setzen 55

Baby on Board 56

Abschiedsgedicht 56

Sinne 57

Cholesterin 58

Anstecknadeln 58

Auf den Kopf gefallen 59

Platzierungen 59

Brechen 60

Selbstüberschätzung 60

Abnehmen 61

Speisekarten 61

Schilderwald 62

Zoll 62

Gänge 63

Onlinedating 64

Geschenkausrede 64

Zur Geburt 65

Respekt 65

Lebensläufe 66

Lebemänner 67

Bären 67

Glückliche Tiere 68

Typen 69

Todsünden 69

Billy 70

Zubehör 70

Angebote 71

Ramadan 71

Takte 72

Franz 72

Rettung 72

Aggressionstherapie 73

Olympia 74

Internet 75

Mumien 75

Fabel vom Petzen 76

Pinnwände 76

Wagnisse 77

Überqualifikation 78

Knall 78

Tafeln 79

Tiere 79

Also known as 79

Dam dam 80

Schlaftipps 80

Stillstand und Fortschritt 81

Entertainer 82

Osterglocken 82

Vorwort

Ein Buch zu schreiben ist nicht leicht,
auch blöd, dass dies allein nicht reicht.
Ein Vorwort ist oft angebracht,
was Autor sein noch schwerer macht.
Ein schlauer Satz muss also her,
doch schlau zu schreiben ist recht schwer.

Ein Satz den Menschen schlau erscheint,
wenn dieser sich am Ende reimt.
Aus diesem Grund beschloss ich schlicht,
auch dieser Teil wird ein Gedicht.

Als erstes gleich ein Dankeswort,
für Unterstützung und Support,
fürs Probelesen und Bewerten:
Danke meinen Weggefährten.
Auch Lea Schulz (15) ganz explizit,
sie malte das, was ich beschrieb.
Und jedes Bild, das man gleich trifft,
entstammt aus ihrem Zeichenstift.

Das Dichtwerk, das dazwischen weilt,
ist Themenmäßig breit verteilt,
trägt oftmals einen wahren Kern,
doch Informieren liegt mir fern.
Humor steht hier im Vordergrund,
denn gute Laune ist gesund.
Und wenn mal was gemein erscheint,
dann war es wohl nicht ernst gemeint.

Fürs Vorwort war es das gewesen,
das Buch beginnt, viel Spaß beim Lesen.

Tanzen

„In der Disco schwing die Beine
so als wärst du ganz alleine",
raten viele die ich kenne,
aber nicht beim Namen nenne.

Schwierig, so was umzusetzen,
wenn in den sozialen Netzen
alle über Filme lachen,
wo die Stars genau das machen.

Karneval

An Karneval ist jeder Schlingel,
fragt man ihn, ganz sicher Single.
Fremder Frauen Hintern streicheln
ist ganz schön, so für ein Weilchen.
Außerdem macht das Kostüm
das Vergnügen anonym.
Daher hat die Freundin immer
vom Gefummel keinen Schimmer.

Doch wenn sie ihn dann doch ertappt
und sie dafür nichts übrig hat,
bekommt der Schlingel wutentbrannt
ein Teil von ihr in Seins gerammt.
Nach Karneval ist mancher Schlingel
im Gegensatz zu vorher Single.

Gold

Die Alchemisten forschten viel
und haben schnell gelernt
aus Blei wird Gold wenn man gezielt
ein Elektron entfernt.

Doch hat bis heute die Chemie
es niemals ganz geschafft,
man braucht dazu Biologie
und etwas Magensaft.

Denn wenn das Essen schwer wie Blei
in deinem Magen grollt,
dann wächst aus dieser Schlemmerei
auf deinen Hüften Gold.

Geschwindigkeit
Das neueste PC Modell
ist nur am Anfang rasend schnell.
Oft läuft er schon nach kurzer Zeit
nur noch mit Schrittgeschwindigkeit.

Einst installierte ohne Plan
ich ein Beschleunigungsprogramm,
was ich im Netz herunterlud,
nur war das leider nicht sehr klug.

Er läuft noch lahmer und ist laut -
Dateien wurden auch geklaut.
Ich nahm den Kasten wutentbrannt
auf dem Balkon in meine Hand
und schmiss ihn fort, trotz Garantie -
so schnell war er bis jetzt noch nie.

Nachtschicht
Abends wenn es dunkel wird,
weil die Sonne sich verirrt,
geh'n überall die Lichter aus,
doch niemals nicht im Krankhaus.

Denn wenn ein neues Lebensglück
des Nachts das Licht der Welt erblickt,
dann wäre es ja nicht so fair
wenn es vor Ort ganz dunkel wär.

Kannibalen

Fängt dich ein Kannibalenstamm
und du bist ne Mimose,
hockst du im Topf und später dann
machst du dir in die Hose.

Und schaust du dann in ihr Gesicht
dann sieht du nur Gelächter.
Geholfen hat das also nicht -
zumindest schmeckst du schlechter.

Interpretation

Zur Schulzeit noch im Unterricht
sah es der Lehrer nie wie ich,
wenns darum ging von fremden Leuten
einen langen Text zu deuten.
Selbst wenn ich mir ganz sicher war
stand strahlend schon der Lehrer da
und sagte mir zu jedem Anlass
„der Autor meine das wohl anders".

Auch heut bekomm ich öfter Stress
beim Schreiben einer sms
und höre später dann die Klage,
wie gemein ist, was ich sage.
Sowas hält mir meine Braut vor
doch bin ich ja selbst der Autor,
weiß genau was ich da schrieb
und meinte es auch extra lieb.
Und trotzdem fühlt sie sich verletzt -
wo ist denn bloß der Lehrer jetzt?

Stromerzeugung

Seit Langem wird schon diskutiert
woraus der Strom in Zukunft wird.
Denn Kohle, Öl, Atom und Gas,
das macht der Umwelt keinen Spaß.

Ich denk, dass heiße Luft sich lohnt,
nicht nur weil sie die Umwelt schont:
Bei all dem Reden und Verhandeln
ist ja genug davon entstanden.

Orgien

Die Orgien der Römer
waren damals sehr beliebt.
Zu feiern ist ja schöner,
wenn es keine Regeln gibt.

Man durfte richtig laut sein,
andre küssen und verprügeln,
besoffen und versaut sein,
dafür gab es keine Rügen.

Nur höfliches Benehmen,
das kam damals gar nicht an.
Es gab dort keine Regeln
und da hielt man sich auch dran.

Beine

Für Sportler sind die Beine
zumeist das A und O,
weil ohne diese beiden
da läuft es nirgendwo.

Doch bei den Fußballspielern
da ist das gar nicht wahr,
die Beine sind bei vielen
ja viel mehr O als A.

Fotografie
Mit dem Fotoapparat
komme ich ganz gut parat.
Alles was mein Auge sichtet
habe ich schon abgelichtet.

Nur des Fräulein Meiers Grinsen
kam mir niemals vor die Linsen.
Durch das Fenster aus dem Zimmer
sehe ich ihr Lächeln immer,
wenn sie nachts im Bette liest
und ein gutes Buch genießt.

Doch läut ich dann ihrem Haus
sieht sie nie wirklich glücklich aus
und ist zu keiner Zeit gewillt
zu lächeln für ein kleines Bild.

Tausend Mal hab ichs probiert
und tausend Mal ist nichts passiert,
doch in der tausendersten Nacht
da hab ichs halt mit Zoom gemacht.

Neue Kleidung
Wenn man neue Kleidung trägt
und sie einem traumhaft steht
sagen Freunde hin und wieder
mal ein Kompliment darüber.

Doch hört man von wirklich allen,
dass die Kleider gut gefallen
muss man sich vor Augen halten:
Scheußlich waren wohl die Alten.

Schlaf

Munter bin ich, geh zur Ruh,
schließe beide Äuglein zu.
Schlaf natürlich nicht gleich ein –
hau mir eine Pille rein.
Zähl noch Schafe: zwei, drei, vier,
schlaf bald wie ein Murmeltier.

Müde bin ich, wache auf
schlage auf den Wecker drauf,
Fühl mich auf der Arbeit schwach,
bin nur dank zehn Kaffee wach.
Abends werde ich dann munter,
lauf die Wohnung rauf und runter
und zum Schlaf fehlt mir der Wille,
doch ich hab ja eine Pille.

Eisenhower

Eisenhower brachte ein Verfahren zu Papier,
das Arbeit in Bereiche teilt – im Ganzen sind es vier.
Damit man diese trennen kann kam er auf die Idee:
Die vier Bereiche nennt man im Verfahren A bis D.

Die C-Aufgaben gibt man weiter oder machts sofort.
Die mit dem „D", die wirft man augenblicklich über Bord.
„B" ist was man unter seiner Kernarbeit versteht
und kommt einmal ein „A", dann hat das stets Priorität.

Ich wende dies Modell seit ich es kenne immer an
und komme auch seit dieser Zeit beständig gut voran.
Nur mit meinem Chef komm ich seit kurzem nicht mehr klar,
dabei sag ich ihm jeden Tag er sei ein großes A.

Jagd
Liegt ein Löwe auf der Pirsch
um zu jagen einen Hirsch,
aber laut sein Magen knurrt
enteilt der Hirsch geschwind im Spurt.

Sucht man einen Lebenspartner,
weil das letzte Jahr sehr hart war
wird man sehr schnell offensiv,
daher geht dann oft was schief.

Der gleiche Fehler dieser beiden
lässt sich sicherlich vermeiden,
wenn man sich auf eine Jagd
niemals, niemals hungrig wagt.

Grammatik
Soll sich die Beschimpfung lohnen
nutze Possessivpronomen.
Ohne „mich" nach einem „leck"
hat „am Arsch" ja keinen Zweck.

Chemie

Ein Mädchen war in mich verliebt,
nur war ichs nicht in dieses.
Ich wusste nicht woran das liegt,
das Schicksal ist ein Fieses.

Doch heute nutzt sie Zahnpasta
gespickt mit Fluoriden.
Auch Shampoo hat sie immer da
aus Öl und aus Tensiden.

Selbst an die Creme mit Retinol
wird stets von ihr gedacht.
Ihr Lippenstift, der steht ich wohl,
der ist mit Blei gemacht.

Und plötzlich trifft mich doch der Schlag,
ich glaub ich liebe sie.
Der Grund warum ich sie jetzt mag:
Es stimmt nun die Chemie.

Blumen

Der Puschel hinten an dem Hasen,
wie die Dinger auf dem Rasen,
heißen beide ungelogen
„Blume", meinen Biologen.

Mein Hase hat an gleicher Stelle
eine breite Blumenwelle.
Nur heißt bei ihr die Malerei
nicht Blume, sondern Arschgeweih.

Umfrage

Man wird in einen Raum gesperrt
und lebt von nun an dort.
Das Fernsehbild ist stark verzerrt,
es ist ein schlimmer Ort.

Bei den Betten steht ein Klo,
ein fremder Mensch dort lebt.
Man wäre lieber anderswo,
nur blöd, dass das nicht geht.

Besuch bekommt man selten nur,
darf kurz bloß aus dem Zimmer,
von gutem Essen keine Spur,
das macht es noch viel schlimmer.

Ständig wird man überwacht,
unmöglich dort zu fliehen.
Sie lassen dich, so ist's gedacht,
als toten Mensch nur ziehen.

Und weil die Frage grade passt
streu ich sie einfach ein:
Wer dachte hier an einen Knast
und wer an Altersheim?

Bohnen
„Lieber Gast, in den Portionen,
die sie aßen waren Bohnen." -
„Lieber Koch, ich hab's vernommen
und selbst grad davon Wind bekommen."

Vaterfreunden
Vater werden ist nicht schwer
und wie schön ist es davor!
Die Brüste wachsen an der Frau,
man kriegt vom Staat acht Wochen frei
und weil die Frau nix trinken kann,
ist sie auch stets mit Fahren dran.

Wetterfühlig
Es folgt auf jeden Regenschauer
bei den meisten Menschen Trauer,
weil Wasser auf des Auges Lid,
das Selbe leicht nach unten zieht.

Doch Sonnenschein hebt das Gemüt
denn wenn man dann nach oben sieht
zieht sich beim Blinzeln, ungelogen,
ja auch der Mund ein Stück nach oben.

Deutscher Urlaub
Im Sommer ich gen Süden zieh
und will ich mich nicht stressen,
darf ich 'ne gute Strategie
samt Zeitplan nicht vergessen.

Ich will natürlich alles sehn
vom Meer bis Pyramiden
und lass es auch mal ruhig angeh'n.
am Strand auf weichen Liegen.

Doch ist die nächste Frist nicht weit
dann wird wie wild gerannt.
Denn ohne Zucht und Pünktlichkeit
ist Urlaub nicht entspannt.

Das schwächste Glied
Reißt irgendwo mal eine Kette
liegt es daran, jede Wette,
dass beim schwächsten Glied sie riss,
weil das nun mal logisch ist.

Fliegt ein Fußball Richtung Mauer,
fest geschossen, mit viel Power
und ein Mauerspieler flieht,
dann ist er das schwächste Glied.

Hier beweist sich in der Tat:
Was man ist, ist was man hat.

Piraten

„Wir lassen heut das entern.
Der Wind ist zu aktiv.
Wir werden alle kentern.
Ich glaub, da läuft was schief!" –

„Für deine Schiefe Lage
da ist das Wetter schnurz.
Oh Käpt'n hör, ich sage:
Dein Holzbein ist zu kurz."

Das Spermium

Das Spermium weiß von ganz Klein:
Es ist nicht schön allein zu sein.
Es hat auch Brüder wo es wohnt
und bleibt von Einsamkeit verschont.
Doch manchmal gibt es einen Ruck,
dann werden alle ausgespuckt
und schwimmen ängstlich Hand in Hand
auf Fremdgebiet im Feindesland.
Schon stirbt das erste um ein Haar
und bald ist nur noch eines da.
Ganz traurig schwimmt es Stück für Stück
bis es das Zellenei erblickt,
was einsam in der Gegend schwebt
und dort seit ein paar Stunden lebt.
Es kriecht zu diesem ruhig empor
und flüstert ihm ganz lieb ins Ohr:
„Die Einsamkeit ist nun vorbei
wir sind nicht viele, aber zwei."
Dann kuschelt es sich dicht heran
bis man die zwei kaum trennen kann.
Das Zellenei ist froh und spricht
„Zwei sind zwar schön, doch reicht mir nicht.
Damit man nicht allein verweilt
wird ab sofort, wenns geht, geteilt."
Gesagt, getan, geteilt, halbiert,
von da an läuft es wie geschmiert.
Die Zellen mehren sich wie wild,
bald ist ein Baby ausgefüllt,
erblickt schon bald der Welten Licht,
ans Teilen denkt es erstmal nicht.

Kinder

Wenn ich als Kind zu wild war,
wurd Mutter immer böse.
Auch weil ich nie gewillt war,
zu mindern das Getöse.

Sie sagte dann ich werde
noch sehn wie so was ist,
wenn meine Kinderherde
baut auch so großen Mist.

Und heute sind tatsächlich
die Kinder wild und laut.
Sie haben tag- und nächtlich
mir manchen Nerv geraubt.

Doch wenn mirs Wasser schonmal
bis rauf zum Halse steht,
dann bring ich sie zur Oma –
sie weiß ja wie es geht.

Dating

Beschwingt fahr ich auf meinem Rad
von einem Date galant nach Haus.
So wie sie sich verhalten hat
da denk ich auch, da wird was draus.

Und sollte alles doch zerbrechen,
wär das auch nur halb so schlimm,
denn schön find ich nicht nur ihr Lächeln -
nein, auch die Mitbewohnerin.

Problemlösungen

Hat man ein PC Problem
mit Excel oder Word,
dann muss nur wer daneben steh'n -
man braucht nicht gleich nen Nerd.

Sobald man es geschildert hat
der anderen Person,
da läuft ganz plötzlich alles glatt
und fort ist sie auch schon.

Nur bei mir da klappt das nicht -
Warum? - Hab keinen Schimmer.
Weil neben mir da stehe ich
ja eigentlich fast immer.

Namensgebung

Manche wählen Babynamen
nach dem Ort an dem sie kamen
auf die Welt in der wir leben -
so was solls tatsächlich geben.

Sydney, Paris, Chelsea, Denver
gibt's in aller Herren Länder.
Selbst so was wie Wanne-Eickel
ist für manche nicht zu heikel.

Meine Eltern kannten diesen
Trend noch nicht – Gott sei gepriesen.
Denn sonst hieß ich, ohne Witz,
höchstwahrscheinlich Taxisitz.

Wie Rücksichtsvoll
Lad ich zum großen Essen
ne Menge Freunde ein,
dann darf ich nicht vergessen
ganz vorsichtig zu sein.

Laktose das ist böse,
Fruktose, das ist schlecht
und kommts aus der Fritteuse
ist das nicht jedem recht.

Nur Schonkost darf es geben
beim Bauern kauf ich ein,
Gemüse aus den Läden
kann niemals glücklich sein.

Gebraten ohne Tierfett,
von Buddha noch geweiht,
serviert auf einem Holzbrett,
da steht es bald bereit.

Ein jeder wird's vertragen,
drum essen alle mit,
nur eins gibt's noch zu sagen:
Gluten Appetit

Witze
Nur ich lach über meinen Witz,
ich werde rot und röter,
ich kippe fast von meinem Sitz,
ich bin ein Eigenblödler.

Instinkt

Trifft man Löwe oder Schlange
fackelt man normal nicht lange
kippt Adrenalin ins Blut,
rennt schnell weg, versteckt sich gut.
Während man nach Atem ringt
dankt man seinem Urinstinkt.

Trifft man Pommes oder Pizza
oder hat noch viele Chips da,
frisst man meistens schon so weit
bis das Herz um Hilfe schreit.
Während man nach Atem ringt
verflucht man seinen Urinstinkt

Eifersucht

Macht den Männern etwas Spaß
wollen Frauen auch so was.

Darum schufen sie den Trend
den man Nabelpiercing nennt,
um an diesem Ding zu spielen
und im Bauch herumzuwühlen.

Aus evolutionärer Sicht
braucht Mann ja so ein Piercing nicht,
denn dank den vielen Nabelfusseln
gibt's hier immer was zum Puzzeln.

Nachwuchs

Die Kuh, die bringt ein Kalb zur Welt,
darum nennt man das kalben.
Und wenn mal eine Hündin welpt,
bald 15 Welpen balgen.

So heißt ein Tier wie es betrat
das Antlitz unsrer Erden.
Drum stammt der Mensch vom Bären ab,
weil Menschen ja gebären.

Weihnachten

Wenn sich das Jahr dem Ende neigt,
dann kommen sie gerannt.
Teils mag man sich, teils sucht man Streit,
und alle sind verwandt.

Man setzt sein schönstes Lächeln auf,
so wie es sich gehört
und kramt die besten Kleider raus,
damit es keinen stört.

Für jeden gibt es ein Geschenk,
für alle ein Bankett,
dazu ein Alkoholgetränk,
erst dadurch wird es nett.

Schon bald fällt jedem etwas ein
aus der Vergangenheit.
Wer war nicht brav, wer war gemein,
bald sagen sie Bescheid.

Wer schleppte heimlich Drogen an?
Und wer zerschlug das Bild?
Und wer war damals Schuld daran,
dass sich die Katze killt?

Ein jeder macht den andern an,
sie stechen sich fast nieder.
Morgen kommt der Weihnachtsmann -
alle Jahre wieder.

Erleichterung

Mancher Mensch bewegt sich
zum Zwecke einer Sühne
zur Beichte, es versteht sich,
in eine Beichtkabine.

Der Priester leiht begeistert
dem Beichtenden sein Ohr.
Gewissen ist erleichtert
im Ausgleich zu davor.

Doch gäb es keine Beichten
fänd ich das gar nicht schlimm,
denn will ich mich erleichtern
geh ich wo anders hin.

Geister

Ich kann Themen gar nicht leiden,
bei denen sich die Geister scheiden.
Ich dachte stets es sei verbreitet,
dass nur Tod jemanden scheidet.

Und bei Geistern, ist doch klar,
der Tod ja schon gewesen war.

Die Wirtschaftsweisen
Jedes Jahr darf jeder raten,
welche Wirtschaft wir erwarten,
ob sie wächst und gut gedeiht,
wann sie fällt und ob sie steigt.

Rät man richtig (drei, vier Jahre)
und man hat schon graue Haare,
dann bewegt man sich in Kreisen
von den klugen Wirtschaftsweisen.

Danach führt man große Firmen,
deren Sitz gen Himmel türmen
und ein Jahr später fragt man sich
warum all das zusammenbricht.

Versprechen
Manche machen ein Versprechen,
was sie etwas später brechen.
Kaum ist diese Zeit gekommen,
wird es ihnen krumm genommen.
Darum lohnt es sich beim Lügen
das Versprechen aufzuschieben.

Wahlversprechen macht man gerne
für die Zukunft in der Ferne.
Wenn man diese dann nicht hält,
ist man ja bereits gewählt.

Die Kirche hat ganz ungeniert
dies Verfahren optimiert.
Man gibt ihr Geld, selbst in der Not
und wird belohnt erst nach dem Tod.

Milkaner Schlaf

Will ich erreichen, dass ich schlafe,
zähle ich am Tag die Schafe,
die wir in den Wolken sehen
und dort ihre Runden drehen.
Doch ein Schaf erkenn ich nur
ist es weiß vor seiner Schur.
Drum ist die Nacht der Super-Gau
denn da sind alle Wolken grau,
weshalb ich wach im Bettchen lieg
und leider meinen Schlaf nicht krieg.
Da tags zu schlafen öde ist,
bediene ich mich einer List:
Ich schlafe in der Dämmerung
und wenn sich jemand frag warum:
In lila Wolken ohne Mühe
zähl ich statt der Schafe Kühe.

Trainingsfleiß
Manche stärken Bauch und Po
drin im Fitnessstudio,
wärmen sich am Laufband auf,
dann geht's auf die Geräte rauf.

Doch wer zu oft zu Hause bleibt,
der bleibt dann leider oft beleibt.

Der Grund bei vielen Drückebergern,
(die sich ja selbst am meisten ärgern)
ist, dass der Weg zum Trainingsfeld
gut hundert Meter Geh'n enthält.

Neue Studien
Jeden Tag ein Gläschen Milch
ist sehr gesund, weiß jeder Knilch.
Doch ein schlaues Team aus Schweden
meint jetzt: Milch verkürzt das Leben!

Nun, Ich find das wirklich schade,
weil ich Milch sehr gerne habe.
Es vergeht bestimmt viel Zeit
bis eine neue Studie zeigt:
Milchverzicht ist noch viel schlimmer -
So läuft das bei solch Studien immer.

Bestrafung

Bestrafung fällt von Haus zu Haus
bei Kindern sehr verschieden aus.
Im einen heißt's „bist du nicht nett,
geht's ohne Essen in dein Bett".
Und anderswo sie Kinder zwingen,
ihr Essen restlos auf zu schlingen
.

Auf welche Strafe man nun pocht
liegt an der Frau – und wie sie kocht.

Emanzipation

Die Frauheit kämpft seit langer Zeit
für fairere Behandlung.
Das machte sie wohl sehr gescheit -
vor kurzem gab's die Wandlung.

Die Frauen wollten Auto fahr'n,
Karriere trotz drei Kindern.
An so was wird bald keiner mehr
die Frauen jemals hindern.

Doch Tür aufhalten, Drinks ausgeben,
Einkaufstüten tragen,
dürfen Männer gerne noch
ne Weile für sich haben.

Sie mögen gleichberechtigt sein
auf jeglichem Gebiet.
Die schönen Seiten nehmen sie
dann doch ganz gerne mit.

Kindererziehung
Meine beiden Kinder sind
viel schlimmer noch als ich als Kind.

Ach, was die zwei für Wörter kennen
und wie sie durch die Straßen rennen.
Kein Respekt und keine Ziele
und dauernd diese Handyspiele.

Jemand hat was falsch gemacht
und beiden all das beigebracht.
Ich denke nicht, dass ich es war -
ich war ja meistens gar nicht da.

Würmer
Der Fischer hielt zu seiner Zeit
die Angel stets samt Wurm bereit
und zog er dann ein Fischlein rauf
dann bot er diesen zum Verkauf.

Doch reicher wird man ganz bestimmt
indem man einen Ohrwurm nimmt
und diesen in den Charts platziert
bis er zur Spitze raufmarschiert.

Und auch auf diesem Wurmgebiet
sind Fischer heute sehr beliebt.
Ein großer solcher in der Szene
ist zum Beispiel die Helene.

Plakatwerbung
Bikinimodels auf Plakaten
hab ich langsam gründlich satt,
wird dadurch doch nie verraten,
was das Teil zu bieten hat.

Klar sieht an so klasse Weibern
jedes Teil fantastisch aus
und sind Makel an den Kleidern
fotoshoppt man sie heraus.

Da die Werbung sozusagen
hat die höchste Präferenz,
soll mal nichts das Model tragen –
quasi so als Referenz.

Frauen würden diese Mode
haben wollen umso mehr,
wenn das Model oben ohne
plötzlich grottenhässlich wär.

Mit Nichten
Manche reden sehr geschwollen
was sie aber gar nicht sollen,
denn bei einer Partyplanung
hat man meistens keine Ahnung,
bleibt er fern dem Partyandrang
oder kommt er gar mit Anhang,
wenn er einem lässt berichten:
Er erscheine dort mit Nichten.

Pokern

Ein ausgebuffter Pokerhecht
hat klein meist angefangen.
Die Reichen sind da eher schlecht,
das hängt damit zusammen,
dass Pokern auch mal Bluffen heißt
und da kommt ja zum Tragen,
dass Reiche und auch Promis meist
gern zeigen was sie haben.

*Teufel
Hat man Angst vor Beelzebub*
und lebt in einem Haus
erwies es sich bislang als klug,
fällt es bescheiden aus.

Keine Deckchen auf den Tischen,
keine Poster an der Wand,
keine Blumen bei den Fischen,
so was stört den bösen Mann.

Stell wirklich nirgends Deko hin,
der Grund dafür ist weil:
Steckt irgendwo ein Teufel drin,
dann meistens im Detail.

Finger
Kommt ein Vogel angeflogen,
trällert fröhlich seine Lieder,
ach, es freut mich setzt der Vogel
sich auf meinen Finger nieder.

Kommt ein Kuchen in das Zimmer,
voll Aroma, voller Düfte,
setzt sich auch auf meinen Finger,
leider später auf die Hüfte.

Mama

Wenn ich mit Mama streite
und wir liegen bös im Krieg,
dann sucht sie schnell das Weite
(Quatsch, sie hat mich trotzdem lieb).

Und brech ich ein Versprechen
und von ihr steht jetzt eins an,
wird sie auch Ihres brechen
(nein, sie hält sich trotzdem dran).

Und soll sie was besorgen,
doch die Zeit dafür ist rar,
verschiebt sie es auf morgen
(falsch, dann ist es längst schon da).

Ihr Bestes gibt sie ständig,
denn es ist ja ihre Pflicht.
All das ist selbstverständlich
(ist es selbstverständlich nicht).

Kuba

Taschentücher, Sonnencreme,
kriegt man in Deutschland ganz bequem.
Für Kuba wird das wohl nie gelten,
hier gibt's das gar nicht, oder selten.

Was auch oft fehlt ist, glaube mir,
eine Rolle Klopapier.
Fatal, wenn ihr mal keine hättet,
sie hat schon manchen Arsch gerettet.

Einsen und Nullen

In der digitalen Zeit
misst man dich in Gigabyte.
Was du in die Netze lädst
ist was du von dir verrätst.

Grüße, Fotos, Interessen,
Videos, Privatadressen,
bald wird es dein ganzes Leben
nur als Null und Einsen geben.

Doch falls jetzt der Strom ausfällt
bist du richtig ausgezählt.
Sind die Einsen nicht mehr dort
lebst als eine Null du fort.

Konstruktionen

Schrieb früher ich Gedichte
wirkten diese konstruiert.
Das macht ein Werk zu Nichte
weil es so an Charme verliert.

Doch sollte es sich lohnen,
denn aus Architektensicht
sind meine Konstruktionen
heute alle ein Gedicht.

Zum Geburtstag

Bewegst du dich im Weltall
mit Höchstgeschwindigkeit,
tickt im Vergleich zur Erde
viel langsamer die Zeit.

So altern alle Menschen,
die Zeit im All verbringen,
viel langsamer als diese,
die unten nur rumhingen.

Ich hörte grad dein Alter
und hab mir gleich gedacht,
dass jede Menge Zeit wohl
du hast im All verbracht.

Im Keller

Ich koche grade ein Gericht,
ich bin ein guter Koch.
Das Essen wird heut ein Gedicht,
nur Sauerkraut fehlt noch.

Ich gehe in den Keller
hab die Kelle mit dabei.
Gleich hau ich auf den Teller
eine Kelle oder zwei.

Dann seh ich Schokolade
und ich nasche schnell ein Stück.
An Opa denk ich grade -
der war vielleicht verrückt.

Ein Bier würd ich jetzt loben,
erfrischend, kühl und klar.
Ich lauf damit nach oben,
das Essen ist bald gar.

Ja diese Mahlzeit schmeckt mir,
genüsslich wird gekaut,
nur eine Sache fehlt hier -
ich glaube Sauerkraut.

Urlaub

Den Urlaub man oft daran misst,
wie gut vor Ort das Wetter ist.
Doch richtig ist man erst gesegnet,
wenn's in der Heimat stürmt und regnet.

Wenn
Wenn das Wörtchen Wenn nicht wär,
wär mein Vater Millionär,
wär darum um die Welt gereist,
hätt nur mit großen Stars gespeist,
wär meiner Mama nie begegnet
und hätt die Welt mit mir gesegnet.
Drum sage ich hier ganz bescheiden:
Liebes „wenn", ich kann dich leiden.

Ohne, für und mit
Ohne dich schmeckt Zucker bitter,
ohne dich tun Kissen weh,
ohne dich fürcht ich Gewitter,
ohne dich stirbt Faun und Fee.

Für dich ist mir nichts zu schade,
für dich riskier ich meinen Hals,
für dich sitz ich beim Essen grade,
für dich schreib ich so nen Schmalz.

Mit dir gibt es keine Lüge,
mit dir gibt es reinen Wein,
nur mit dir wachsen mir Flügel,
nur mit dir fühlt ich mich frei.

Erklärungsversuch
Bienen fliegen – auch bei Wind –
wenn sie auf Blumen landen,
dann kommt der Storch mit einem Kind -
das hab ich nie verstanden.

Ich denke nicht, dass mal mein Sohn
auf so nen Blödsinn reinfällt.
Versuchen werde ich es schon -
bis mir was Bessres einfällt.

Zur Genesung
Du liegst zurzeit im Krankhaus,
doch ruhst du dich zu wenig aus.
Du wälzt hier E-Mails vom Büro,
doch hast du frei, drum sei doch froh!

Genieß die Zeit und sammle Stärke
vergiss die Arbeit mal und merke:
Wer viel liest, der ist belesen,
doch wer genießt ist bald genesen.

Bildhauer
Da Vinci war sauer
auf einen Bildhauer,
denn er war ein fieser
er schlug Mona Lisa.

Verkehr

Manche Regeln im Verkehr,
die finde ich ja wirklich schwer.
So ist der Bremsweg, grob gesagt
Tachowert durch Zehn, Quadrat.

Bist näher dran am Vordermann,
ein Unfall schnell passieren kann.
Und ist der Abstand negativ,
dann ist's zu spät, dann lief was schief.

Konzerte

Auf dem Konzert da hörte ich
Musik, und sie betörte mich.

Und weil ich das fantastisch fand
nahm ich mein Smartphone in die Hand
und habe so beim Rhythmuswippen
wirklich alles mitgeschnitten.

So kennt mein ganzer Freundkreis
die Band, von der ich fast nichts weiß,
denn ich hab das zwar aufgenommen
doch daher auch nichts mitbekommen.

Wege der Liebe

Wenn Amor unser Herz durchbohrt
mit Pfeilen, die nicht schmerzen,
dann strömt die Liebe im Akkord
im Nu durch unsre Herzen.

Selbst wenn der Pfeil zu tief einschlägt,
dann muss man nicht verzagen.
Die Liebe zwar durchs Herz nicht geht,
doch dafür durch den Magen.

Komplimente

Wenn ich zu meiner Freundin sag,
wie schön sie ist, wie ich sie mag,
wie gut sie riecht, wie schlau sie ist,
werd ich erst rot und dann geküsst.

Doch sag ich Models sind zu dünn,
und Ihre Maße, die sind schön,
dann nennt sie mich nen Idiot,
ich werd geboxt - und dann erst rot.

Veganer

Ein armer Koch war so am Ende,
dass er einst naschte von der Lende,
die ja der Gast zuvor bestellte.
Drum drohte er dem Koch mit Schelte.

Doch sprach der Koch es sei nun Trend,
dass man ganz ohne Tiere schlemmt.
Selbst Adel sei ganz angetan
und diesen Trend nennt man vegan.

Von dieser Lüge fehlgeleitet
hat dieser Gast die Mär verbreitet
bis man im ganzen Lande aß,
nur Obst- oder Gemüsefraß.

So war das damals mit dem Koch,
und manch ein Narr glaubts heute noch.

Fitness
Früher hat man viel trainiert,
machte jede Übung mit
bis der Muskel explodiert,
dafür war man wirklich fit.

Damals nutze man noch Hanteln
ging zur Muckibude hin,
drücken, ziehen, dehnen, hampeln,
darin sah man da noch Sinn.

Heute nutzt man eine App,
die Funktionen sind enorm,
die verbrennt von selber Fett -
nur man selbst ist außer Form.

Gipfelstürmer
Steigt man einen Berg hinauf
nimmt man sehr viel Müh in Kauf.
Lawinen sind in manchen Breiten
wirklich keine Seltenheiten.
Gegen Mücken, Ziegen, Bären
muss man sich nicht selten wehren.

Doch all der Stress sehr schnell verfliegt,
wenn man am Ziel ins Tal absieht.
Bloß ist vergebens all das Schnaufen
ist der Gipfel überlaufen,
weil gebohrt durch diesen Berg
ein Aufzug ganz nach oben fährt.

Läufertypen
Kommt ein Läufer angerannt,
fröhlich, aufrecht und entspannt,
trägt dazu ein Volkslaufshirt
kennt den Weg , läuft unbeirrt,
nicht allein und auch gesprächig,
dann läuft dieser regelmäßig.

Läuft er schneller als der Wind,
federleicht die Kleider sind,
seine Uhr hat GPS,
schlank geschnitten ist sein Dress,
seine Beine sind auf Zack,
dann läuft dieser jeden Tag

Läuft er zwischendurch im Spurt
und trägt einen Flaschengurt,
neuste Schuhe, neustes Hemd,
Hose, Ipod voll im Trend,
von Funktionen überladen,
eigentlich zu viel zum Tragen,
jeder Schritt ist eine Qual,
dann läuft er wohl zum ersten mal.

Das passt
Du bist die Faust für meine Augen
nur gemeinsam sind wir stark.
Du bist der Kern für meine Trauben,
die ich ohne dich ich nicht mag.
Du bist der Topf der so wie keiner,
gut zu meinem Deckel passt.
Du bist selbst Arsch für meinen Eimer,
weil du den allerschönsten hast.

Eindrücke

Der erste Eindruck kann entscheiden
ob die Menschen einen leiden.
Darum darf mans nicht verpassen
ihn schön tief zu hinterlassen.

Nur als Fallschirmspringer ist
so ein tiefer Eindruck Mist.
Kann man die Landung nicht erleben
wird's keinen zweiten Eindruck geben.

Diät

Für manchen, da gehört Diät
ein Stück zur Lebensqualität.

Denn Komplimente von der Waage
hört man dann fast alle Tage
und für jedes Kilo schlanker
ist ja auch der Körper dankbar.

Nur gibt's nie mehr Komplimente,
ist die Diät erstmal zu Ende.
Darum wählt man gern direkt,
meist eine mit Jojo-Effekt.

[perdu] [perdy]

Es war einmal Hans Peter Mann,
der siezte die Kollegen.
Sprach man ihn mit Hans Peter an
tat er sich kein Stück regen.

Doch einmal flog bei starkem Wind
auf diesen zu ein Stein.
Nur ein Kollege rief geschwind:
„Hans Peter, schnell, komm rein."

So starb der gute Mann zu früh,
liegt in der dunklen Truh.
Er wäre jetzt noch nicht perdu,
wär er mit ihm per du.

Zum Muttertag

Wie du kochst und wie du lachst,
und jeden Tag den Haushalt machst.
Wie du meine Schmerzen linderst,
und mich nie am Wachsen hinderst,
wie du zwingst mir Pflichten auf
die ich nicht will, wohl aber brauch.
Auch wie du immer hältst zu mir,
Mama hör, ich danke dir.

Wohltätigkeit

Versammlungen zwecks Benefiz
gehören zu den großen Hits.
So können ganze Menschenherden
auf Probleme merksam werden.

Neulich stand man aufgereiht
gegen Oberflächlichkeit,
um auch nie mehr einen Menschen,
wegen Ausseh'n auszugrenzen.

Darum wollte ich wie alle
in die große Galahalle.
Leider musst ich draußen bleiben -
sie konnten mein Gesicht nicht leiden.

Orientierung

Wir wussten nicht wo lang wir mussten,
als wir zu der Party cruisten.
Nur der Fahrer wusst' es blind,
weshalb wir angekommen sind.

Doch grade dieser durfte leider
dort nicht rein - aufgrund der Kleider.
Weiße Tennissocken und
Sandalen waren wohl der Grund.

So gibt es die, die haben ihn:
den super Orientierungssinn
doch kann man trotzdem beim Bekleiden
an Geschmacksverirrung leiden.

Braun

Statt jeden Tag viel rauszugeh'n
zum Bräunen seiner weißen Haut
reicht Sonnenbank und Bräunungscreme
doch leicht wird so die Haut versaut.

Dann gibt es Häme, ungelogen
und man traut sich kaum vors Haus,
wird durch den Kakao gezogen -
klar, so sieht man ja auch aus.

Herausforderungen

Karl, der Prahlhans war versessen
sich mit anderen zu Messen.
Suchte einmal jemand Streit
war Karl vor Ort und stets bereit.

Doch eines Tages fordert ihn
mein Opa auf zum Zähne zieh'n.
Der Karl war davon angetan
und zog sich gleich den ersten Zahn.

Nur Opa hat nicht viel gelitten,
zog sich zwar Zähne, doch die Dritten.
So kam es, dass aus dem Gebiss
Karl wirklich jeden Zahn ausriss.

Doch prahlt er weiter, selbst im Winter
mit große Klappe – nichts dahinter.

Die Waffen der Frauen

Frauen haben viele Waffen,
wo wir Männer gern hin gaffen.
Und jede Frau hat sie ganz anders
wunderschön und auch besonders.
Augen, Hintern, Brüste, Hände
gäb's ne Liste, gäb's kein Ende.

Nun, es gibt auch viele Femmen
die sehr gern Gewichte stemmen.
Hast du eine mal erobert
Leidenschaft und Liebe lodert.
Doch bist du frech macht sie dich platt,
weil sie als Waffen Fäuste hat.

Fasten brechen
Schon zu Beginn der Fastenzeit
sind viele schnell das Fasten leid.
Doch Fasten brechen darf man nur
steht ein Sonntag auf der Uhr.
Die Models tragen das mit Lächeln
weil sie ja stets statt Fasten brechen.

Aufgabenübertragung
Trägt ein jemand eine Last
und ich helfe weils grad passt,
ich gesund, doch dieser krank war
ist man mir von Herzen dankbar.

Komm ich dort nochmal vorbei
und ich helfe ihm von neu
ungefragt und eigenhändig
ist es fast schon selbstverständlich.

Helf ich dann mal nicht beim Tragen,
weil mich selber Schmerzen plagen,
schimpft man mich und flucht und grämt,
ich sei faul und unverschämt.

Hilft man zu oft, sagt die Geschicht,
dann wird dies meistens schnell zur Pflicht.

Köche und Brei

Zu viele Köche verderben den Brei,
nicht einer würzt nach sondern zwei oder drei,
nicht einer probiert, sondern neun oder zehn,
weshalb dann zu kleine Portionen entsteh'n.
Es reicht oft ein guter, der würzt und probiert
und später den Gästen das Essen serviert.
Doch kosten macht dick, darum warne ich noch:
Auch zu viel Brei verdirbt den Koch.

Nachrichten
Bei den Sendern im TV
mache ich mich abends schlau,
was die Welt in Atem hält
und ob sie auseinanderfällt.

Bloß weiß ich nie ob das Format
auch seriöse Quellen hat.
Doch gibt's am Ende Babytiere,
dann weiß ich alles war nur Schmiere.

Streichelzoo
Ich war heut im Streichelzoo
mit meinen beiden Kindern.
Dort saß ein kleines Lamm im Stroh,
es weideten die Rinder.

Sie ritten dort auf Ferdinand
im Schritt und auch mal trabend.
Sie haben diesen nicht erkannt
in Schnitzelform am Abend.

Schichtdienst
Im Job darf man die Arbeitszeiten
nicht zu lange überschreiten.
Denn ist man zu ausgelaugt
man ja für den Job nicht taugt
und stellt eine Großgefahr
für sich und auch für andre dar.

Bloß manche Jobs sind wohl so leicht,
dass man die Pausen einfach streicht
und 24 Stundenschichten
lässt Feuerwehr und Arzt verrichten.

Pläne
Morgens hat man viel Elan
und oft einen Masterplan,
was man nach dem Arbeitstag
alles Schönes machen mag:
Wohnung putzen, lange Laufen,
Freunde treffen, Essen kaufen.

Doch nach langer Schufterei
sind die meisten oft so frei
ihre Augen kurz zu schließen
und das Sofa zu genießen.
Und so kommt es, das ist Fakt,
dass man allzu oft versackt
und hat gar nichts hinbekommen,
was zuvor sich vorgenommen.

Zumindest kann man sich es sparen
einen neuen Plan zu planen,
denn sind des Sofas Sitze weiche
ist meist der Plan schon lang der gleiche.

Ärzte
Ärzte müssen sich Patienten
meistens sehr genau zuwenden
wollen sie auf ihre Fragen
eine klare Antwort haben.

Trinkt der Kranke viel Likör,
doch morgens auch mal weniger
behauptet dieser scharlatanig
er trinkt selten bis fast gar nicht.

Und hat man sich vorgenommen,
irgendwann zum Sport zu kommen
er ganz klar dem Arzte sagt
er treibe Sport fast jeden Tag.

Trotzdem haben sie Beschwerden
die auch immer schlimmer werden.
Und so geht die Diagnose
dank der Fragen in Hose
und der Arzt rät das Verhalten
einfach weiter zu behalten.

Segnen
Der Priester segnet täglich
alle Menschen – außer Heiden –
und manchmal sogar Babys
dadurch kann ihn jeder leiden.

Er segnet Pärchen dann und wann
die liebend sich begegnen,
doch einmal wird der gute Mann
das Zeitliche nur segnen.

Ode an die Zeit
Zeigt die Uhr die wahre Zeit
stehen pünktlich wir bereit
zu dem wichtigen Termin
der im Handy uns erschien,
denn erscheinen wir dort später
sieht es dank der Uhr ja jeder.

Zeit macht Männer attraktiv
und ist laut Einstein relativ.
Sie steht, kommt man vor Ödnis um,
ansonsten ist es andersrum.

Und ist die Zeit mal abgelaufen
muss man einen Sarg sich kaufen.
So zwingt die Zeit uns in die Knie -
was wären wir nur ohne sie.

Kleiner Countdown
In 5 Minuten kann ich eine nette Karte schreiben,
in 4 Minuten kann ich dem Tourist die Richtung zeigen,
nur 3 Minuten brauch ich, helfe ich spontan beim Tragen,
nur 2 Minuten brauch ich, um was nettes mal zu sagen,
in 5 Sekunden kann ich einem Mensch ein Lächeln schenken.
Die meisten werden hocherfreut noch Tage daran denken.

Sonnenfinsternis
Vor der Sonnenfinsternis
hatten früher alle schiss,
heute ist sie leicht erklärbar,
weshalb unspektakulärer.

Auch die Tricks von Zaubermeistern
hören auf dich zu begeistern,
hast den Trick du mal erkannt,
der zuvor dich so gebannt.

So wird schöner meist mein Tag,
wenn ich genieß statt hinterfrag
und nicke brav mit einem Lächeln
wenn die Frauen zu mir sprechen.

Zeichen setzen
Soll dich dein Gefolge schätzen,
musst du auch mal Zeichen setzen,
weil man so Entschlossenheit,
Willenskraft und Stärke zeigt.

Beim Zeichen setzen ist seit Langem
Deutschland stets vorangegangen.
An jeder Kreuzung sieht man schon
mindestens gut zehn davon.

Baby on Board

Erwartet Frau einmal ein Kind
sie Abschied von der Arbeit nimmt,
denn zu viel Stress ist für die Brut
im Mutterleib nur selten gut.

Doch liegt es stets am Arbeitsfeld
ob diese Frau auch früh ausfällt.
Wir führen hier als Beispiel an
die Arbeit bei der Bundesbahn.

Sobald die Zeugung Früchte trug
darf diese Frau nicht in den Zug.
Der Grund dafür ist leicht komplex,
denn wär ein Mädchen unterwegs
und die Mama verdient ihr Geld
indem sie vorn das Steuer hält
dann wärs gefährlich, ungeheuer,
zwei Frauen säßen ja am Steuer.

Abschiedsgedicht

Bevor wir hier zum Abschied flennen,
weil unsre Wege sich bald trennen,
lasst uns den Augenblick genießen
und ihn auf kräftigste begießen.

Wir sagen was zu sagen ist,
umarmen wer zu haben ist
und wenn die Tränen ehrlich sind
seh'n wir uns wieder, ganz bestimmt.

Sinne

In tiefem Wald auf weiter Flur,
steh ich in Mitten der Natur,
lasse meine Sinne streicheln -
meine Nase riecht ein Veilchen.

Meinem Ohr es wohl gefällt,
wie die Tierwelt singt und bellt.
Auch erfreut mich was ich sehe:
hohe Bäume, scheue Rehe.

Selbst die Hand scheint sich beim Wühlen
in der Erde wohl zu fühlen.
Nur find ich, dass Natur nicht schmeckt -
hab grad an einem Elch geleckt.

Cholesterin

In Butter steckt Cholesterin
das ist sehr schlecht für sie und ihn,
weil es die Blutbahn stark verstopft
und teils das Herz nie wieder klopft.

Die Butter wird nur wertgeschätzt
hat man dies Zeug darin ersetzt,
doch der Ersatz für dieses Gut
ist oft genauso schlecht fürs Blut.

Der einzig wirklich wahre Sinn
darin liegt nur im Marketing.
Man kauft die Butter sicherlich
als seinen liebsten Brotaufstrich
weist die Verpackung darauf hin:
Cholesterin ist hier nicht drin.

Anstecknadeln

Die Anstecknadel macht viel her.
Sie sitzt meist mittig am Revers
und macht sich nicht nur schick an Kleidung
sie vertritt auch deine Meinung.

Auch Junkies haben Anstecknadeln,
doch man muss sie dafür tadeln,
denn sie stecken Nadeln nicht
ans Revers, so wie es Pflicht
sondern vollgestopft mit Drogen
in die Vene, ungelogen.

Und weil die Nadeln oft verdreckt,
wird hier der Junkie angesteckt.

Auf den Kopf gefallen

In Gallien war man Arbeitstier
begann schon früh, so gegen vier.
und hörte auf erst abends spät
nachdem die Sonne untergeht.
Von Sorgen wurd man nicht geplagt,
man hätt gar keine Zeit gehabt.
Man hat bloß Angst der Himmel fällt
herab und dem Kopf zerschellt.

Und heut ist dank Tarifvertrag
nicht ganz so lang der Arbeitstag.
Dank Frühpension und Wochenenden
hält viel Zeit man in den Händen.
Doch grad deshalb hört man Jammern
aus den Häusern und den Kammern.
Angst vorm Himmel gibt's nicht mehr
doch vor der Decke umso mehr.

Platzierungen

Bestenfalls ist man der Erste,
dieser Platz ist auch der schwerste
und belegt man mal den Zweiten
bist du trotzdem zu beneiden.
Sogar auf dem Platz, dem dritten
hast du nicht umsonst gelitten,
doch vom letzten bis zum vierten
bist du bei den Angeschmierten.

Brechen
Sehe ich auf einer Feier
jemand in der Disco brechen
kann man ja bei dem Gereiher
selten von Ästhetik sprechen.

Doch erblickt man Regenbögen,
dann verzeiht man gern dem Licht,
weil die meisten Menschen mögen,
wenn es sich im Regen bricht.

Selbstüberschätzung
Es gibt Menschen, die beschwören
zu den Schönen zu gehören
und sei das noch nicht genug
halten sie sich auch noch für klug.
Keine seltene Erscheinung
ist, dass nur sie selbst der Meinung
und da dieses nicht bekannt
sind sie oft auch arrogant.

Doch kann man sie im Glauben lassen,
eigentlich scheints ja zu passen.
Eingebildet wie sie sind
das mit Bildung schon mal stimmt.
Auch dass sie sich für Models halten
ist ok, trotz lauter Falten
und 'nem viel zu dicken Bauch
weil Vorhermodels gibt's ja auch.

Abnehmen
Es gibt viele Arzeneien,
die ne top Figur verleihen.
Fett wird so von selbst verbrannt,
beim Sitzen wird man rank und schlank
und nimmt man sie auch immer brav
bekommt nen Sixpack man im Schlaf.

Zumindest das die Werbung sagt
doch wenn man einen Doktor fragt,
dann hört man, dass die Lösung ist:
mach etwas Sport und friss kein' Mist.

Allein durch Essen abzunehmen
sich zwar ne Menge Menschen sehnen,
doch so wird keiner schlank wie'n Reh,
nunja, vielleicht das Portemonnaie.

Speisekarten
Ich stell oft im Touristennest
bei allen Speisekarten fest,
dass diese meistens überhetzt
von Google wurden übersetzt.

Aus „Pork Strips" macht das Fleischerhaus
ein Schwein, das zieht sich nackig aus.
Und möchte ich ein Cordon bleu
bestell ich blaue Schnur per se.

So wird von jedem schnell gespürt,
ob ein Lokal mit Herz geführt,
indem man in die Karte schaut
und merkt: die Übersetzung taugt.

Schilderwald

Der Jäger jagt mit dem Gewehr
im Wald meist hinter Rehen her
und wenn er ein sehr schönes fängt
den Kopf an seine Wand sich hängt.
Doch ohne Grund ist diese Jagd
ja per Gesetz meist untersagt.
Als Vorwand ist hier sehr beliebt,
dass es zu viele Rehe gibt.

Der Wald wo Polizisten wildern
ist gefüllt mit lauter Schildern.
Dort jagt er mit seinem Blitzer
ziemlich jeden Straßenflitzer.
Nen Grund zum Blitzen braucht er nicht,
er blitzt, was ihm ins Auge sticht,
weil irgendeines Schilds Gesetz
wird unter Garantie verletzt.

Zoll

Im Austausch gegen Zollgebühren
sind Souvenirs zu überführen,
die im fernen Urlaubsland
man dort für kleines Geld erstand.

Aus Kuba darf in deine Tasche
vom Rum pro Kopf nur eine Flasche.
Drum hört man mich am Zoll oft klagen:
Ich wünscht ich würd mehr Köpfe haben.

Gänge

Nachdem der Mensch im Baume hang
erlernte er den graden Gang,
weil alles was die Sonne sieht
zu deren Licht es magisch zieht.

Ja, früher war die Quelle oben
doch das hat sich nun verschoben,
da man meistens ganz gebannt
ins Handy schaut in seiner Hand
und so dauerts nicht mehr lang
zur Wiederkehr zum krummen Gang.

Onlinedating

Bei Facebook würde garantiert
ich alles von dir liken.
Bei Parship wärst mein Favorit,
das kann ich nicht bestreiten.

Bei Tinder würde ich sofort
die Fotos von dir matchen,
doch sitz ich nun mal neben dir
und kann kein Häkchen setzen.

So viel schöne Worte gibt's,
die ich dir sagen kann.
Doch offline geht das leider nicht.
Komm, meld dich endlich an.

Geschenkausrede

Weil ich dich so von Herzen mag
beschenk ich dich zum Jahrestag
mit all den wunderschönen Sachen,
die dir große Freude machen.

Was du findest wunderbar
das weiß ich wohl - ich kenn dich ja.
Ich werde keine Mühen scheuen
all das vor dir aufzureihen.

Doch grade denk ich an den Rest
den mein Geschenk schlecht ausseh'n lässt.
Drum lasse ich das lieber sein -
hier ist ein Amazongutschein.

Zur Geburt

Die Figur ist leicht im Eimer,
dafür hat es sich gelohnt,
es entsprang ein Mensch – ein Kleiner,
der in Zukunft bei euch wohnt.

Lange hat er still gelegen
in dem Zimmer – deinem Bauch.
Jetzt musst du ihn ständig pflegen,
wie es schon seit jeher Brauch.

Bis er wieder ganz alleine
still in seinem Zimmer liegt
dauerts wohl noch eine Weile –
bis er eine Glotze kriegt.

Respekt

Traf man früher einen Opa,
der schon alt, doch noch nicht tot war,
hat man sich vor ihm verneigt
und diesem so Respekt gezeigt.

Geht heut ein alter Mann vorbei
ist das den meisten Einerlei.
Man ehrt, anstatt den alten Weisen,
Kurt Cobain und wie sie heißen.

Ein Arzt erkannte jetzt den Grund
und gab mir diesen sogar kund:
Heut ist es leichter alt zu werden
als schon als junger Mensch zu sterben.

Lebensläufe

Ist kümmerlich dein Lebenslauf
polierst du ihn ganz einfach auf.
Doch nicht durch Qualifikation,
ne gute Form reicht meistens schon.

Dass fehlerfrei und übersichtlich,
ist für Personaler wichtig.
Auch Foto und der Ausdrucksstil
sagt diesem über dich sehr viel.

Zudem empfiehlt es sich die Lücken
mit Begründung auszuschmücken.
Große Lücken nennt man weise
Sprach- und auch mal Findungsreise.

Weiterhin ist es geschickt,
wenn man aus Hobbies Softskills strickt.
So ist es oftmals halb so wild,
wird das Profil nicht klar erfüllt.

Doch hat zu lang man nichts gemacht
und Zeit beim Spielen nur verbracht,
ist drogensüchtig, ständig breit
und man den Lebenslauf dann schreibt,
ist's schwer nun guten zu kreieren,
denn Scheiße kann man nicht polieren.

Lebemänner
Auf der Feier des Betriebes
war einmal ein Mann der trieb es
viel zu bunt für mein Verständnis –
grollend nahm ich das zur Kenntnis.

Er knutschte mit der Kellnerin,
trank Bier auf Wein auf Rum auf Gin,
er zog sich halb beim Tanzen aus,
hielt mit dem Vorstand einen Plausch.
Jetzt reden alle über ihm,
doch scheints, er findets gar nicht schlimm.

Ich selbst hab mich ja fremdgeschämt
und war am Abend wie gelähmt.
Hab nur gelästert wie ein Mann
sich nur so schlimm benehmen kann.

Und das schlimmste an der Nacht:
Ich hätt gern all das selbst gemacht.

Bären
Der Grizzly hat ein braunes Fell,
der Panda ist gefleckt,
beim Eisbär ist es eher hell,
das hab ich nie gecheckt.

Ich schaue diesen ins Gesicht
zur Bärenunterscheidung.
Als Mann da achte ich ja nicht
so sehr auf deren Kleidung.

Glückliche Tiere

Gewissenloser Fleischverzehr
ist bei mir schon Jahre her.
Bei Schwein und Huhn und Kalb und Rind
da will ich, dass sie glücklich sind.

Doch wenn mans Leben grad genießt
wer will, dass man ihn dann erschießt?
Freude pur beim Tod nur herrscht
ist man vorher eingepfercht.

Darum wird stets gewissenhaft
Fleisch vom Discounter angeschafft.

Typen
Einen Typ für Backstagekarten,
einen Typ für Kokain,
einen Typ für seinen Garten,
das zu haben, das ist in.

Viele Menschen prahlen heute
schwer mit dem Bekanntenkreis,
gibt es darin ein paar Leute,
die besorgen jeden Scheiß.

Darauf werd ich wohl nie brennen,
so was fällt mir gar nicht ein,
ich will gar nicht jemand kennen,
ich will lieber jemand sein.

Todsünden
Hochmut, Neid und Völlerei
sind der Todessünden drei.
Faulheit, Wollust, Zorn und Gier
dieses sind die andern vier.

Doch es gibt auch eine Achte,
die die Neuzeit mit sich brachte.
Bist du mit Geburtstag dran
schaff kurz davor nichts Neues an.

Billy
Jede Ära, die hat einen
großen, den man Billy nennt.
Es ist gut, im Allgemeinen,
wenn man einen Billy kennt.

Einst, im Westen, da war einer
mit Pistole sehr geschwind.
Schneller war vor Ort fast keiner
als ein Billy namens Kind.

Später liefen alle Lieder
meistens im Musikfernsehn.
Leute haben immer wieder
Billy Jean sehr gern gesehn.

Diese Billys sind den meisten
Menschen heute ganz egal.
Jeder kann sich Billy leisten,
dieser Billy heißt Regal.

Zubehör
Will ich Fahrradzubehör
und geh in den Musikladen
find ich ganze Reifen schwer,
weil sie dort nur Platten haben.

Angebote
Kunden werden gern beim Shoppen
an der Nase rumgeführt,
denn wo Angebote locken
wird die Wahrheit oft verrührt.

Darum sollen transparente
Waren in Regalen stehen,
dass die Kunden schnell erkennen
wo die Waren draus bestehen.

Doch geschieht das nicht ganz sauber,
da ist wohl was schief gelaufen,
will man Ware, die durchschaubar
muss man Damenmode kaufen.

Ramadan
Zu Ramadan, dem Fastenmonat,
darf man, wenn die Sonne lodert,
weder Trinken oder Essen.
Dies gilt nur als angemessen,
wenn man draußen nichts mehr sieht,
was im Sommer spät geschieht.

Darum soll man Schlitten fahr'n,
als Muslim, zu Ramadan,
denn wo der Schnee noch Kniehoch steht,
die Sonne früh meist untergeht.

Takte
Ist der Dirigent intakt
leitet er die Band im Takt.
Dazu ist ein Taktstock praktisch,
dessen Einsatz folgt stets taktisch.

Franz
Ist der Fußballspieler jung,
rennt er auf dem Rasen rum.
Ihm hilft, wenn er nach vorne zischt,
wenn er durch seine Form besticht.

Und ist das alles länger her,
dann wird manch Spieler Funktionär.
Bestochen wir dann auch enorm,
nur leider meistens nicht durch Form.

Rettung
Wenn ein Staat vorm Ende steht
gibt's zur Rettung ein Paket.
Wird so ein Paket gebilligt
wird das alles, nur nicht billig.

Aggressionstherapie

Hat der Mann viel Wut gestaut,
er sich gern mit andern haut.
Was ich vielen dafür rate,
das ist Boxen und Karate.

Schlimmer ist - doch auch okay -
eine Runde Eishockey.
Und gehört man zu den Harten
kauft man sich zwei Fanblockkarten.

Doch ist man richtig übel drauf
geht man zum Sommerschlussverkauf.

Olympia

Zyklisch jedes vierte Jahr
empfängt in einer Stadt
man Sportler für Olympia -
sofern sie Kohle hat.

Für den Athlet ist diese Zeit
die schönste seines Lebens,
seit Jahren macht er sich bereit,
im schlimmsten Fall vergebens.

Ein mancher kämpft für Ehre,
nur Dabeisein ist sein Ziel,
für andere da wäre
nur der Vorlauf nicht sehr viel.

Doch Siegen, das ist herrlich,
weil man dann ganz oben steht.
Es macht den Mensch unsterblich –
nun, solange er noch lebt.

Vom großen Wunsch zu Siegen
ist so mancher überzeugt.
Dem Leistungsdruck erliegen
immer wieder Sportler heut.

Im Falle dieses Falles
kämpft der Mensch nicht immer fair.
Dabei sein ist zwar alles,
doch gewinnen ist oft mehr.

Internet

Surft man lang im Internet
sind viele Fenster offen.
Was man will wird hier im Web
per Mausklick angetroffen.

Doch klickt man alles was man sieht
ein Virus wird geladen.
Der Rechner macht noch einmal „piep",
dann kann man ihn begraben.

Das war Betrug, das war Beschiss,
das waren sicher Gangster.
Nur eine Sache ist gewiss:
Nun ist man weg vom Fenster.

Mumien

Als Mumie da brauchte man ganz früher noch Verbände.
Doch diese Zeit ging mit der Zeit so nach und nach zu Ende.
Ich denke nicht, dass jemand sagt „das kann nicht sein, das stimmt nicht",
denn heutzutage ist so ziemlich alles unverbindlich.

Fabel vom Petzen
Ein armer und ein reicher Mann,
die gingen einst zum König.
Der arme fing zu klagen an,
er hätte viel zu wenig.

Er mache wirklich alles gleich
als wie der Reiche tät
und trotzdem ist der Reiche reich
und hat mehr er hätt.

Der König schritt sofort zur Tat
(er spielte gerne Streiche)
und nahm den beiden alles ab -
schon hatten sie das gleiche.

Pinnwände
All den Freunden und Verwandten
und den andern Gratulanten,
die an meine Pinnwand schrieben,
weil sie mich von Herzen lieben
will ich als Geburtstagskind
sagen, dass sie Klasse sind.
Darum ohne viel Gezeter:
Vielen Dank, vielleicht bis später.

Wagnisse

Wer nicht wagt, der nicht gewinnt,
wusste ich bereits als Kind
und als ich dann älter war
wagte ich zur USA
auszureisen, denn man sagt
es lohnt sich dort für den der wagt.

Doch nach langer Schufterei
und geplatzter Träume drei,
war ich dran mein ödes Leben
in den Staaten aufzugeben.

Doch ich nahm die Mikrowelle,
trocknete die Dauerwelle
meines kleinen, süßen Hundes -
scheinbar war das nichts gesundes.
Er bewegt sich kaum vom Fleck,
nur das Haar sitzt jetzt perfekt.

Ich verklagte den Konzern
auf sein Geld nur allzu gern,
bin zwar meinen Hund jetzt los
dafür schwimme ich im Moos.

Und denk ich manchmal an daheim,
dann fällt mir oft das Sprichwort ein:
„Wer nicht wagt der nicht gewinnt"
und kann jetzt sagen, ja es stimmt.
Und wenn Wagen mal nicht reicht
wird halt ne Klage eingereicht.

Überqualifikation
Bewirbt man sich als Straßenkehrer
auf den Job als Hochschullehrer
hat man nur geringe Chancen
dort als Lehrkraft anzutanzen.

Umgekehrt, da ist es ähnlich,
war man Großverdiener nämlich,
darf man unter allen Dingen
niemals einen Besen schwingen.

Selbst wenn mal ein Großprojekt
dank einem im Schlammassel steckt,
wird einem meistens suggeriert
man sei zu hoch qualifiziert.

So muss man sich dann doch bequemen
einen Top-Job anzunehmen
und muss dort mit Starallüren
alles ins Verderben führen.

Knall
Die Welt entstand auf jeden Fall
nach einem Knall.
Drum hat fast jeder, wie erwiesen
eben diesen.

Tafeln
Artus ist in aller Munde,
er ist Chef der Tafel (runde).
Jeder leistet einen Schwur
auf sein Schwert Excalibur.

Lehrer sein ist schwer und dreckig,
er ist Chef der Tafel (eckig).
Manchmal wär es nicht verkehrt
hätte dieser auch ein Schwert.

Tiere
Es war einmal ein Brillenbär,
der las so gern vom Sekretär
die Briefe, die mit Tinte frisch,
er schrieb - sie kam vom Tintenfisch.
Doch kam auf leisen Sohlen stets
der böse Herr Pistolenkrebs
zum Briefe stehlen angekrochen.
Er floh in einem Manta(rochen).

*Also known as
Ich fühl mich meistens wenn ich sing,
so wie Elvis, aka* King.
Doch sonst bin ich Angelika,
Lehrer, aka Demiker.

Dam dam
Wenn wir zu den Künstlern schauen,
die in Stein gern Bilder hauen
und dieselben schlafen alle
in der leeren Künstlerhalle
trägt oft Schuld an dem Gegammel
Marmor-, Stein- und Eisenmangel.

Schlaftipps
Viele weise Menschen pflegen
sich zum Schlafen hinzulegen,
wenn man schwach und ausgezehrt
von der Arbeit wiederkehrt.

Seine Augen zuzuschließen
und die Ruhe zu genießen,
dazu nimmt sich weit und breit
trotzdem kaum ein Mensch noch Zeit.

Will man also öfter schlafen
muss man sich ein Kind beschaffen,
denn es prüft in jeder Nacht,
dass man dieses Zehn mal macht.

Stillstand und Fortschritt
Zu Hause läuft grad alles rund,
TV ist groß, das Bild ist bunt,
die Frau ist hübsch, das Essen schmeckt
die Kinder frech und aufgeweckt.
Auch auf der Arbeit läuft es glatt
man weiß was man zu machen hat.
Ich kenne das Betriebssystem,
mein Chef ist nett, der Stuhl bequem.
Doch bald macht sich der Fortschritt breit,
man wird die alten Sachen leid
und nach und nach wird aussortiert,
was eigentlich noch funktioniert.
Und all das nur weil Konkurrenten
schon was Besseres verwenden
oder eine Fachzeitschrift
sagt was jetzt in Mode ist.
Jetzt hab ich ein PC Problem
und eine Frau mit Collagen,
Gemüseburger, Samsung 8,
ein Chef, der nur im Keller lacht.
Der Fernseher ist ein Handy jetzt
was Kindern bald das Hirn ersetzt,
am neuen Stuhl sitz ich mich wund
- laut Zeitschrift ist das sehr gesund.
Doch kaum hab ich mich dran gewöhnt,
werd ich vom Schicksal schon verhöhnt.
Denn geht's mir nicht mehr auf den Keks
ist schon was Neues unterwegs.

Drum find ich Fortschritt fürchterlich,
es ist, was ich nicht will.
Wahrer Fortschritt wär für mich
ständ endlich alles still.

Entertainer

Es trifft den Entertainer hart,
wenn kaum ein Mensch sein Handwerk mag.
Drum ist es seinerseits nicht dumm
sucht er ein breites Publikum.

Ein Auftritt nachts ist sehr gescheit,
weil da sind ja die meisten breit.

Osterglocken*

Kommt mir jemand in die Quere
Nutze ich die WingTsun Schere**.
Ist sie richtig angewendet
Einen Kampf sie schnell beendet.
Sauber trennt sie Schlag auf Schlag
Teile von dem Gegner ab.
Oder meine ich es schlecht
Semmel ich ihm ins Gemächt,
So wünscht er sich er würde sterben
und ich kann so zwei Eier färben.

* Dieses Gedicht ist auch ein Rätsel. Hier ist eine Technik aus dem Kampfsport versteckt. Wer findet sie? Sie steht in aneinandergereihten Großbuchstaben dar.
** Eine waffenlose Technik aus dem WingTsun. Aber nicht die Lösung...